돼지밥바라기별

지혜사랑 243

돼지밥바라기별

임태래

지혜

시인의 말

바람 따라
구름 따라
물길 따라

새소리
물소리
바람소리
들으며 갑니다

가다 쉬다
울다 웃다

결국엔
시에게로 갑니다

아름다운
종점입니다

2021년 가을
임태래

차례

2부

3부

4부

1부

자기 소개서

파란 하늘 같이 맑은 사람
나무 같이 꿋꿋한 사람
들꽃 같이 웃는 사람

무엇으로 소개할까

그냥
이렇게 적었다

좋아하는 사람이 있어
가슴 따뜻한 사람

민들레

매화꽃 좋다고
그것만
보지 마세요

당신이 밟고 지나간
그 자리
제가 아파요

저도 꽃인걸요
잠시 후 매화꽃 진 후에
제가 피면
어떻게 보실려구요

나는 달팽이

지구 여행을 한다
카라벤 한 채 끌고서

등불도 없이
안테나 세우고
온몸으로

언제 끝날지 모를
아득한 여행

메마른 세상
촉촉히
적시면서

돼지밥바라기별

사람들에게
개밥바라기별이 있다고 한다면
나에게는
돼지밥바라기별이 있다

한여름 나를 낳은 엄마
돼지가 저녁밥 달라고
꿀꿀 보챌 때 태어난 나를
돼지처럼 잘 먹고 잘 살 거라고 하셨다
그때 제일 빛나는 그 별은
돼지밥바라기별이 되었다

초저녁 별이 빛난다

돼지밥바라기별을 낳으신 엄마
동방박사들 보았던 샛별 보다
더 반짝 거렸을 것이다

이 어려운 시기에도
밥술이나 뜰 수 있었던 게
그 별 덕분 아닌가

엄마는
오늘 밤 저 별을 바라보고 계실까

엄마처럼

봄비가 내리던 날
생강을 심고 짚을 덮었다
짚이 습기를 주지만
잡초도 막는다
그리고 썩어 거름이 된다

엄마처럼
우리 엄마처럼

양파가 쓰러지다

키 큰 줄기에 동그란 꽃을 피운 숫양파
겉은 멀쩡한데 알은 작고 길쭉한 게
실속 없는 날 닮았네

유월 들어서며 날이 더워지자
싱싱하던 양파 줄기가 퍽퍽 쓰러지기 시작하네
속이 상해 이 몸도 쓰러질 지경이네

쓰러지면 안 되는데 걱정하며 지내던 날
"양파는 푹 쓰러져야 그때부터 알이 실하게 익어 가는
겨"라고
이웃 아저씨 던지는 말씀에 깨달았네

꼿꼿이 세우려고만 했던 삶이
쓰러지는 숭고함 보다 아름답지 못 하다는 걸

'한 알의 밀이 땅에 떨어져 죽지 아니하면
한 알 그대로 있고 죽으면 많은 열매를 맺는다'는
말씀의 비유가 더욱 생생해진 어느 유월 오후

21세기의 사랑은 슈퍼마켓에서 팔지 않을까?

Ed sheeran의 슈퍼마켓 플라워란 노래를 흥얼거리며 슈퍼에 들어서네
진열장에는 영혼이 깃든 모양들 꽃처럼 화장하고 앉아 간절히 간택되길 바라네

초코릿에는 애타는 사랑을 전달했던 달콤한 기억
소주와 담배에는 외로움과 아픔을 위로해 주던 기억
벽에는 바다에서 잡혀온 멸치 오징어가 몸을 말린 채 박재되어 안주로 걸려 있고

오늘은 머랭이 얹힌 파이와 따뜻한 아메리카노 커피 몇 잔 골라 슈퍼 밖 뜰 벤치에 앉아 비밀정원의 시인들이 앉아 시꽃을 피우네
정원의 시인들은 뒷담화로 수다꽃을 수놓네
유발 하라리는 뒷담화가 인류발전의 지대한 공헌을 했다고 했으니 시인들에게도 뒷담화는 작품속 허구와 상상력의 원천이 될 거란 상상을 해보네

시 속의 화자도 슈퍼에 모아놓은 물건처럼 저마다의 인연으로 사랑을 하고 미워하며 상처를 받고 갈등을 하며 인간 세상을 돌린다고 보네
또 궁창 은하수 건널 때까지 사랑을 노래하며 사는 게 좋

다는 생각을 하지

그렇다고 슈퍼에 쌓인 봉지과자 집듯 쉽게 얻는 사랑 말
고

커피 마시고 버려지는 빈 종이컵 같은 사랑 말고

베토벤이 고통속에서 피어낸 로망스-월광 같은 아름다
운 선율의 사랑

순수의 순수-백합같은 향기로운 사랑을 꿈꾸네

슈퍼마켓 앞 뜰에서 가을 타는 시인들이 첫사랑을 소환하
여 시들을 꿈꾸네

오늘 비밀정원 시인들이 트루바두르가 되어 슈퍼에서 사
랑을 고르며 꿈을 먹고 추억을 엮어 행복을 담네

* 트루바두르 : 중세음유시인.
* 에드시런 : 1991년생의 영국의 유명 싱어송 라이터.

지금이 좋은 때

선생님께서
늘 하시는 말씀
"지금이 가장 좋은 때다"
재작년 이맘때 만날 때도 그러셨다

고민이 있어도
청춘이라 생각되면
꿈으로 바꿀 수 있고
도전할 수 있다면
가장 좋은 때라고 하셨다

사랑도 그렇다
그대를 생각하며
그리움에 젖는 것도

지금이 가장 좋은 때다

밥상

추운 날 따뜻한 아랫목에
이불 둘러쓰고
당신 오기만을 기다린 공기밥

허기진 당신에게 바치는
배부른 사랑이고 싶다

차가운 두 손에 온기 주며
당신의 따스해진 마음이고 싶다

비우고 나면 행복하고
채워지면 당신 기다리는 마음

언제나 함께해도
고마움 모르는 공기 같은
소중한 당신

쑥갓꽃 1

"시골에 살면 묵고 사는 건 걱정 업써야"
"쬐금한 땅데기 좀 있으면
상추랑 고추 쑥갓 좀 시므면 되야"
"한 여름철 밥맛 업쓰면
된장에 쌈 싸 먹으면 그게 최고여"

"도시에서 살기 힘들면 내려와라"
"도회지에서는 뭐 쪼금 살래도 다 돈 아니냐"
"힘들다고 아둥바둥 데지 말고
시골에 오두막하고 밭데기 쪼옴 있겄다
뭐 산 입에 거미줄 치겄냐"

오늘 텃밭에 쑥갓은 쑥쑥 자라고
한쪽에 곱게 피어난 샛노란꽃
어머니 쓰신 호미 하나 걸려있고
쑥갓 커가듯 그리움이 자란다

쑥갓꽃 2

몇 년 전 강 건너신
어머니의 그리운 목소리
"애야 이리 한번 나와 봐라!
쑥갓꽃이 참 이뻐야"
혼자 보기 아까워
날 부르신 거다

후다닥 뛰쳐나간 텃밭엔
금방 왔다 가신듯
흔들린 노오란 쑥갓꽃에
엄마 냄새가 난다

사랑은 두엄을 싣고

얼마 전 배운 굴삭기로
두엄을 실었다

아직 운전이 서툴어
굴삭기 바가지가 엉금엉금 나 대신 일을 한다

옆에서 지켜본 마누라
엄지척 치켜 세우며 용기를 준다

삽으로 몇 날 실어야 할 거름작업이
반 나절 만에 끝났다

산더미처럼 쌓아놓은
근심이 농작물에게 보약으로 변했다

당신의 삶 무게도
무거울 텐데
굴삭기처럼
사랑으로 들어주고 싶다

설경

하늘에서 한날 태어난 천사들
손을 잡고 춤추며 나들이 온다

온 세상 설국으로 만들려는듯
산 지붕 하얗게 덮고 길도 막는다

긴급 출동한 햇살 소방대
사르르 눈을 녹이기 시작한다

깊은 골짜기로 숨은 잔설 몇몇은
아직 음지에 납작 엎드려 부르르 떨고 있다

백매화여

아직 찬바람 부는 2월
앙상한 잿빛가지가
떨고 있을 때
타오른 가슴에
눈부신 하얀꽃 피었어요

하얀눈 내린 축복의 2월
세상 꽃들이 아직 잠들 때
맑고 고운 절개
따스한 그대에게
무너졌어요

행위 예술

너를 처음 만날 때
두 근 두 근
기대와 긴장의 무게로
오르는 삶의 중력

두려움 움켜쥐고
설레임 부여안고
올라서는 정상

숨죽이며
서로 바라보다
꼭 잡은 두 손 땀 스미고
절정에 달아

위치 에너지에서
운동 에너지로 바뀌는
아! 이건 행위의 예술

빨라지는 속도
스릴은 높아가고
아~ 아~
행복의 가속도

>
질량과 무게 사이
물질의 세계 속
허망하게 사라지는
신기루 같은 사랑

또 타보고 싶은
롤러코스터

행복장관

외로운가요?
외롭지 않은 사람은 없다 합니다

꽃들도 외로워
벌 나비를 부르고
숲속의 나무도 바람이 찾으면
춤추고 기뻐 소리 지르죠
시인도 외로워서 홀로
노래를 부르지요

얼마 전 영국에서는
외로움 장관을 임명했지요
외로운 사람을 돌보는 부서가
생긴 거지요

외로울 때 함께 울고 웃어줄 수
있는 벗이 되고
서로 사랑할 수 있다면
감사한 일이죠

언제든 함께 해주는
당신 때문에 참 고맙지요

그러고 보니 당신이
저의 행복 장관이었네요

제비

푸른색을 찾아가는 마른 풀
가지에 수액이 도는 봄날은
꽃만 피는 것만이 아니지

떠나보냈던 어린 새끼들
반짝이는 눈망울들이 찾아와
성숙한 기쁨의 날갯짓과
지저귀는 희망의 소리를 듣지

수만 리 떠났다가
바다 건너 바람과 빗속을 뚫고
고통을 헤치고 돌아와 비상하는
고결한 생명의 기적을 보지

텅 빈 둥지를 잊지 않고
다시 찾은 너를 보며
나는 뻐꾹새 우는 고향 동무들이
기다린 곳으로 날아가지

드라이브 쓰루로 무릉도원을 지나다

바다가 보이는 광안리 갔다가
근처 남천동 활짝 핀 벚꽃길 보았네
하얀 팝콘이 폭죽 터트리는
벚나무 사열 받으며 걸어 보았네
무릉 사는 어부가 복숭아 꽃길을
따라가다 발견한 유토피아처럼
아름다운 그 길 걷고 있었네
파란 바다 펼쳐진 하늘
하얀 꽃눈 얼굴 스칠 때
차라리 눈 감아 버렸네

어린 시절 부모 그늘 아래 마냥 즐거웠고
청년의 때 꿈 많아 좋았네
중년의 시대 좌충우돌 밤 세워 일하며
울고 웃다 지나다 보니
어느새 낙엽 지는 숲 거니는 산보자 되었네
붉게 물든 석양 페이드 아웃되고
세월은 빠르게 흘러
시간은 마치 자동차 드라이브 하듯
인생의 플렛폼 떠나가네

탐하던 세상 부귀 영화도

허허로운 권력도
영원을 꿈꾸던 아름다운 사랑도
꽃처럼 시들어가네
화무십일홍이던가 이 모두 꿈길이었네

우주에서 흘러내린 은하수 머문 듯
벚꽃이 별처럼 빛나는 무릉도원 길을 지나가네
환호하는 꽃터널을 드라이브 쓰루하다
차창 안으로 하르르 날아든
꽃잎 하나 움켜지고 바라보았네
내 삶도 작은 꽃잎처럼
아름답게 훨훨 떠날 수 있을까

봄의 전쟁

봄날 전쟁이 선포되었다
바위 아래 웅크리며
복수의 날을 갈던
복수초 눈을 뜨더니
겨울 벙커를 뚫는다

소나무 사이로
레이저 햇살이
총알처럼 우수수 쏟는다
총 맞은 산수유 꽃눈에
노란피가 흐른다

진한 내음으로
생화학전에 나선 설중매
봄날을 제압하려 어지럽히나
시향 품은 너의 향기에
홍매 백매 넙죽 엎드린다

풀빛 살모사가
붉은 혀를 날름거리며
무섭게 달려오는 봄날의 전쟁터에
꽃빛 함성이 터진다

밤나무 숲 이파리 시장

겨울숲 이파리시장은
목마르고 헐벗은 나목으로 붐빈다
빵을 구하는 배고픈 나무
털옷을 찾는 추운 나목으로 넘친다

밤나무 숲 나뭇잎 지폐는 빛을 잃어
수레에 인플레이션의 이파리를 가득 싣고 와도
빵 한 조각 구할 수 없다

상처받고 배고픈 나목들
시장으로 몰려 나와
안부를 묻고 마른빵을 함께 나눈다
추운 겨울을 이기기 위해
캐롤송으로 서로를 위로해 보지만
불꺼진 트리는 쓸쓸하기만 하다

빼빼 마른 나무
부러지고 꺾인 나무
병들어 시들은 나목들
대부분 영양 부족 보다는
경험하지 못한 마법의 나라에서 발행된
이파리 머니 남발이었다고 한다

어부의 노래

누가 잠을 깨우느냐
겨울바다도 잠을 자야 하는데
누가 시끄럽게 하느냐
바다도 쉬어야 하는데
어둠이 물러갈 때가 아닌데
어부는 돛단배를 깨운다

수십 길 아래 해초 춤추고
조개 뽈데기
바위에 입맞추고
동면중인 양미리
쿵쿵소리에
화들짝 눈을 뜬다

깊은 곳 그물을 쳐 얕은 쪽으로
넓은 바다 출렁이는 해 은빛물결
바쁜 어부의 도르레 소리
걸려드는 도루묵
노란 참가자미
어부의 창고는 금은이 넘친다

돌아오는 항구

누가 파도를 일으키랴
누가 바다 속을 뒤집으랴
시인의 가슴은
금빛 은빛 노래

2부

첫사랑

달이 밝다

달빛 아래 손잡고
강둑을 걷던
그 소녀는 잘 살까

구름 뒤로 숨어버린 달빛
흐르다 멎은 강물
숨죽이던 풀벌레

뚝방의 추억은
달 밝은 밤이면 내게 찾아와
가슴을 설레게 한다

그날 그 아이랑
손만 잡았을 뿐인데
호흡이 멈추고 말았지

말없는 보름달
다 알고 있다는 듯
빙그레 웃는다

동창의 딸

학창시절 짝사랑했던 동창
그녀의 딸 결혼식에 축하해 주러 갔지

그곳에서 짝사랑한 그 소녀를 만났어
동창의 딸이 옛날 좋아했던 그녀로
태어나 아름다운 신부로 서 있었지

신랑이 이 세상에서 제일 부러운 날이야

12월의 여행

세월의 기차는
메리골드가 핀 꽃노을 속
마지막 12월 간이역까지 데려다 주었네

추위에 떨며
굶주리고 삶에 지친 여행자는
역전의 따뜻한 여관에 누워 꿈을 꾸네

노을 빛에 붉게 물든
엄마의 주름진 얼굴이 보이네

떠나기전 보퉁이에
싸주던 음식은 떨어지고
새겨 주던 말씀도 지워진지 오래

대문을 열고 들어 서자
찬바람에 얼어붙은 거친 얼굴을
그녀는 따스한 두 손으로 쓰다듬어 주네
손가락 사이 뜨거운 그리움이 흐르고

잠에서 깨어난 나그네는
다시 청년처럼 현재를 꿈꾸네

훗날 그대에게 줄 선물을
다시 떠날 기차에 가득히 실으며

스타벅스에는 청춘의 별들이 있다

내가 살던 옥탑방 건너편에는
용산 전신전화국과 큰 은행나무가 있는
일본적산가옥이 있었지
그 옆 신식 3층 건물 지하 하늘엔 세상에
가장 빛나는 별양이 있었지
모든 친구들이 나보다는 우리 동네 별양을 보러와
아지트가 된 곳
별다방

시간이 되면 달려가고 싶었던 곳
커피 잔을 잡은 별양의 가느다란 하얀 손길을 보던 곳
그녀와 단둘이 앉아 있으면 행복을 꿈꾸던 곳

얼마 전 미국에서 학업을 마친 자식이 시에틀에서 사들고
온 스타벅스 텀블러에 새겨진 머리 긴 여인
수십 년 전 복학 대학생을 사로잡은 별다방의 별양이 그
그림속에 있었지
언제든지 커피 한 잔이면 만날 수 있었던 우리시대의
김태희

호메로스의 오디세이에 사이렌이 등장하지
오디세이가 사이렌이 있는 곳에 다다랐을 때 선원의 귀

를 막아
　유혹을 벗어 났다는 그리스 신화
　스타벅스는 소설 『모비딕』의 일등 항해사 이름 스타벅에
서 탄생했다고 들었어
　초록색 로고속 여인의 인어는 뱃사람을 잡아먹는다는 사
이렌
　미국에서 온 그녀의 신비로운 유혹에 벗어 나기란 쉽지
않지

　별다방과 스타벅스여
　별양과 사이렌이여
　올림푸스의 신들이 정한 운명은 그들 이름에서 결정되었
던가
　가난한 청춘들의 애인인 별양은 어느날 소리 소문 없이
우리 곁을 떠나고 말았지
　순진한 청년들의 영혼과 가슴을 갈기갈기 찢어놓고 말이야
　친구들은 두 번 다시 별양의 마법이 없는 나를 찾아 오지
않았지
　사이렌의 마법에서 벗어나는데 오랜동안 힘들었지

　별 로고가 새겨진 텀블러를 들고 커피를 마시며 아직 그
옛날 거리를 걷고 있는 나를 보았어

별양의 이름을 어딘가에서 부르는 그때 그 시절의 나를

서울 용산삼각지 근처에 별다방의 반짝이던 별에게 빠졌

던 그때의 나를

설 향

하염없이 내리는 쌀가루
정월 떡 방앗간 쌀 익는 냄새

앞마당 하얀 꽃분 밟는 소리
이화주 뽀글뽀글 피어오르는 소리

이 밤 쏟아지는 폭설 핑계삼아
슬그머니 하룻밤 유숙 청하네

아랫목 익어가는 이화 향기
불그레 취하는 이 하얀밤

문밖 섬돌위 눈빛 여인들
날개 펄럭이며 내 가슴 두드리는 소리

인공지능 시대

알파고가 이세돌과 바둑경기를 하고
병원 진료도 인공지능 의사 왓슨이 처방하지

이제 사랑도 인공지능에게
물어야 할 판이다

그런데
나는 큰 걱정 안 하지

나만 바라기 인공지능 생각칩을
그대에게 심는 거다

쉿!
이건 비밀이다

봄 밤

누가 문을 두드리나

잠에서 깨어 나가
한참을 둘러보니
휘영청 밝은 달이
나를 따라오네

낮에 숨었던 달이
이 밤에 찾아와
외로운 나와 동행하니
우리는 벗이 되었네

울적한 이 마음을
환히 달래 주니
나도 그대에게
콧노래를 불러 주었네

돌아오는 길에는
산수유 가지에 매달린
별무리 가득 지고
봄밤을 달과 함께
한참을 걸었네

호접난

먼동이
장미처럼 피어 있는 아침
지난밤 나비와 노닐다
못 이룬 꿈이던가
창가로 기울인 너의 몸짓
목마름인가
그리움인가

안개처럼 다가가
침묵으로 말을 걸고
정성을 기울여
한 줄기 물을 주니

나비와 나 사이
오가는 기쁨
누가 알까

푸른 신호등

교차로 건널목에
그대를 기다리듯
푸른 신호를 기다린다

빨간 신호등 앞에 서는 것은
당신을 위해 양보를 하는
선한 사마리아인이 아니다
나를 위해 멈추는 거다
앞만 보고 달리다
멈추고서야 옆이 보이고
하늘도 보인다

빨간 신호등은
배려다
오고 가는 물결이
아름답다는 걸
건널목에서 배운다

너의 내일은
늘 푸른 신호등이길 빈다

당신은 내게
늘 푸른 신호등이다

진짜 부자

마트에서 최신 정장을 사고
금강이 보이는 언덕 카페에서
그녀와 커피를 마시고
서점에서 소크라테스 철학책을 사고
가고 싶은 멋진 여행을 계획하는 것도
너와 나누는 모든 일상이
돈이 된다는 걸 알았네

과거는 넓은 땅에서 금을 캐고
석유를 많이 뽑아낸 록펠러가 큰 부자였겠지만
요즘은 세상사는 우리 일들을
데이터로 모으는 IT 회사나
괴짜들의 기발한 상상력이
최고의 부자가 된다고 들었네

그런데 아직도
부동산으로 몰려가는 사람들이 많다네
땅 아파트보다 많은 정보를 담을 수 있는
저장공간이 돈이란 걸 아직 모르나 보네
틀을 깨면 더 자유로운 부자가 되는데

무엇보다 당신 사랑 가득 담은

내가 세상에서 가장 부자란 생각이 드네
행복한 부자 말일세

그해 겨울은

내게 가장 따뜻한 겨울은
찬바람 불기 전
작은 부엌에 연탄 백 장과
처마 밑 장작 가지런히
쌓아 놓으면 참 따뜻했다

내게 가장 배부른 겨울은
눈 내리기 전
배추 무 다듬어 시래기 묶어 시렁에 걸고
마당 한쪽 심어놓은 독에
가득 채운 김치 두 항아리면
참 배불렀다

내게 가장 그리운 겨울은
시린발 동동 구르던 날
안방 화롯불에 고구마 군밤 굽는 냄새와
식구들 둘러앉아 김치 수제비
한 그릇 비우며 나눈 얘기꽃이
참 아름다웠다

내게 가장 아름다운 겨울은
동네 사랑방 동무들 모여

이불 하나 펴 발 넣고 놀 때
서울에서 온 하얀 얼굴
그 소녀와 발 마주 스치면
쿵 설레었던 그리움이다

내게 참 행복한 겨울이었다
그해 겨울은
내게 참 따뜻했다

봄날에 대한 경외

겨울이 지난 후
봄이 오는 길목은 평화롭구나
눈녹는 산마루에서
밀려오는 남국의 군대는 언덕을
말리듯 아지랑이 오르는구나
갈색의 봄뜰 꽃은 보이지 않아도
타오른 가슴 욕망 달래듯
봄바람 보들보들 만져주는구나
풀밭사이 이름모를 아기 새들은
알을 쪼아 노란 부리를 삐죽 내미는구나
우리 조심 하자구나
봄뜰을 거닐 때는 행여
평화를 밟는 방해자가 되지 말자구나
봄날 깊고 소리없이 밀려오는
푸른 생명의 함성에
옷깃을 여미고
경외를 표하자구나

접시꽃 앞에서

접시꽃을 바라봅니다
며칠 전보다
키가 훌쩍 커 버린 걸 보니
우리 아이들 같습니다

어느새 부모 도움 없이
잘 지내고 있습니다.
오히려 애들이 부모를 걱정해 줍니다

접시꽃이 저를 바라봅니다
별일 없이 잘 살고
있냐는 듯 지켜봅니다

밤새도록
비바람에 시달려도
낮이 되면
꼿꼿이 하늘 향해
의젓이 나아갑니다

고개 숙이지 않아도
눈높이 맞추어주는
활짝 웃는 접시꽃 앞에서

>
객지에 사는
애들하고
하늘에 계신
엄마 아빠 모여
옛날 얘기합니다

꽃잎들은
헤어지기 아쉬운지
오래오래 마주
바라보기만 합니다

나무 성자

나는
너를
찾는 바람

너는
나를
기다리는 나무

비 바람 불어도
눈보라 몰아쳐도

내 그리워
찾을 때마다

춤추며
반기는 나무

늘 내어 주는
나무는 성자

와유臥遊밥상

누워 밥을 먹는다
낮달도 멈추고 창문을 들여다 본다
고소한 붉은 고기 유혹한다
달콤한 식은 죽도 먹는다
숲속 산나물 녹즙을 빤다
물고기 퍼득거리는 비늘을 들춰본다
비릿한 살점을 뜯는다
누워서 새가 되어 하늘을 난다
나무꼭대기에 걸터 앉아 존다
나무서 떨어져도 아프지 않다
푸른 숲속 거미줄에 걸려 바둥거린다
바람이 도와 준다
헤매이다 꿈을 깬다

한없이 먹고 마셔도
아무리 찾아 다녀도
허기지고 목마르다

누워서 책 속에 밭을 간다
줄지어 자란 이랑 사이로
걸어가며 먹는 밥이
황홀케 한다

층층나무 서 있는 뜰

층층나무 서 있는 뜰
첫 계단에서 하늘을 보네
한 층 위로 올라가 구름아래
숲을 보네

층과 층 사이
바람이 지나가네
보이지 않아도 한 잎 한 잎
그리움이 묻어 있네

바람이 떠나고
달빛이 들어 오네
흔들리는 잎새 사이로
부드럽게 속삭이고 간 자리
아침이 달려오네

새들이 놀러 오네
바람과 달빛이 머물던
가지에 구름 꽃밥을 짓고
노래를 하네

층층이 새겨진 그리움

켜켜이 쌓인 정담
하얀 밤의 꿈

채곡 채곡 차려진
하얀 추억의 정찬을 들며
한 여인을 그리워하네

매미송

아침부터 엄마 찾아
밥 달라 보채는 아이는
맘~ 맘~ 맘~

참나무숲 노래하는 아이는
거짓 없이 참되게 살자고
참~ 참~ 참~

느티나무 그늘 아래
쉬는 아이는 놀고 가자고
놀~ 놀~ 놀~

소나무에 붙어사는
아이는 항상 푸르게 살자고
솔~ 솔~ 솔~

아이들 외치는 소리는 다 달라도
실은 세상에 나를 알리는 거라지

여름이 가기 전
사랑하는 짝을 찾을 수 없을까봐
가슴을 들썩이며 토해내는
외로움이라지

히야신스를 심겠습니다

보관해 두었던 히야신스를
햇빛이 잘 드는 곳에 심었습니다

올봄에는
슬픈 전설을 가진 히야신스의
꽃을 보고 싶었습니다

햇살의 은총이 마음껏 베푸는
가난한 시인의 베란다에 놓인
세 뿌리의 히야신스가 봄을 알아채고
순을 내밀기 시작했습니다

첫 번째는 그대를 위해
또 하나는 우리를 위해
마지막 한 뿌리는
이름 모를 영혼을 위해
히야신스 꽃을 피우고 싶습니다

아이보리의 순수한 사랑에
보라빛 헌신적인 희생과
청자빛 아름다운 꿈의
히야신스를!

화산 앞에서

몇 번을 스쳐야 그대를
만날 수 있을까
얼마나 애원해야 그대를
오를 수 있을까

불뚝 솟은 봉우리 꽃 피운다는데
운무로 온몸을 감싸 안으니
오늘도 쉽게 당신 모습
허락하지 않는구려

아무리 미워도
만날 수 밖에 없는 인연이라면
그대를 사랑해야지
아무리 힘들어도
함께 가야 할 길이라면
기쁨으로 걸어가야지

하루에 한 발자욱이라도
허락해 준다면
그대에게 평생 다가설 수 있다면
꿈같은 여정이겠지

＞

그대 아름다움에 눈멀어지고
행복은 잠시 나비처럼
날아가 버렸지만
정상은 어느새 우리 안에
미소 지으며 꽃 피우네

* 화산 : 정상이 꽃처럼 핀 산. 중국 시안에 있는 산.

은갈치와 시인

은갈치를 부르기 위해
배는 환하게 불을 밝히지

먼저 바다속 플랑크톤 감성과
반짝이는 멸치의 시어를
불러와 시를 쓰는 시인이 되지

그러면
반짝이는 시를 읽기 위해
은갈치들이
멸치를 찾아 오겠지

바다

너에게는
거부할 수 없는 매력이 있다

생각하면 보고 싶고
바라보면 빠지고 싶은
황홀한 깊은 호수다

오늘은 그대를
내 마음에 담으니
파도가 친다

몸서리 치는
그리움이 인다
철석
철석

3부

가을비

그대
내안에 들어오듯

그리움
네게 찾아오듯

그대 향기
내게 스며들 듯

타오르는
이 가을을 식히며
갑니다

어느 가을

요즘 당신
참 아름답습니다
눈이 부셔
눈을 둘 곳이 없어요

제 마음에 두고서
가만이 바라봅니다

정말 아름다운
가을 산입니다

은목서

언덕을 오르다
당신에 취해
한참을 서 있어요

늘 푸른 당신에게
매달린 은색의 꽃잎이
비밀이군요

당신을 만날 때마다
찾아온
맑은 샤넬의 향기

한결 같이 옆에서
지켜 주는 당신이어요

고된 하루도
당신 안에서는
편히 쉬게 됩니다

은목서
당신 안에서
웃게 됩니다

* 은목서 : 상록 활엽수로 하얀꽃이 필 때 은은한 향기가 난다.

사막여우가 사는 사막에는

삭막한 사막이
아름다울 수가 있다
누군가가 걸으며 고통의 짐을
모래 위에 풀어 놓고
어딘가에 있을 오아시스를 꿈꾸었으리니

사막에 귀가 큰 여우
귀여운 사막여우가 산다
귀가 큰 것은 땅속의 작은 소리도
들으라는 것이며
서로 사랑하라는 말도
듣지 못하는 이를 위해
사막여우가 사막에 산다

사막의 모래가 많은 것은
모래 수만큼 참아 보라는 거고
주어도 부족함이 없는 사랑을
해보라는 것이다

사막의 밤낮이 다른 것은
시린 밤은 낮의 뜨거운 때를
불타는 낮에는 아리도록 시린

아픈 밤을 기억하라는 것이다

사막의 밤하늘을 보았는가
파란 하늘도 암흑에 갇혀야
반짝이는 별들이 지켜주고 있음을 안다
희망이 내리는 밤바다에
누워 기쁨의 눈물을 흘려라
아름다운 그 사막위에

사막에 피는 꽃을 보았는가
빗물 한 방울 내려주지 않아도
세상에서 가장 예쁜 꽃을 피우지
바람과 모래 별빛들은
사막의 어둠에서도
서로 사랑하면서 말이야

사막에 여우가 사는 것은
사막이 삭막하지 않음을

귀여운 여우가 살고 있음은
사막이 아름다울 수 있음을

사막여우는 잘 알고 있기 때문이다

배롱나무꽃

잡초 무성한 언덕
수줍어 가린 가녀린 몸매
손끝이라도 스치면 바르르 떨었지
꽃 같은 봄날을 지나
삼복날에 너를 또 만나는구나

푸르른 날에
핑크빛 연정으로
당당히 피어오르는 꽃

한여름 더위도 잊은
정열의 춤
쌀쌀해진 그날에
뜨거웠던 너를
그리워할 목 백일홍

배롱 배롱
백년 그리움이
백년 동안 꽃으로 핀
배롱나무 꽃

봄날 소묘

봄바람 살랑대던 이른 아침
처마 풍경소리 떠난 뒤
보리똥 나무에
뱁새 떼 찾아와 재잘거린
소리로 채운다

돌밭 길 언덕 생강나무
노오란 별사탕은 사라진 뒤
앞산에 한 뼘 떠오른
햇살의 은총 아래
풀빛 방울뱀이
붉은 혀를 날름거리며
무섭게 달려오는
봄날의 함성

대숲 바람 부는 오두막에
자태 고왔던 분홍빛 누님이
그리워지는 봄날이다

농한기

한겨울 농부는
노는 게 아니다

마을회관 사랑방은
바닥만 따뜻한 게 아니다
마을 대소사를 나누며
농사정보를 주고받는
뜨거운 과외 공부방이다

푸른 세상을 품은 씨알과
벌레 꿈트는 생명의 땅위로
한냉전선 자락이 펼칠 때도

농부는 풍요를 준비하며
새로운 꿈을 경작하는
희망 농번기다

외로운 날 우리가
사랑을 꿈꾸듯

들깨단을 털며

며칠 전 베어 말린
들깨단을 턴다

세워진 단을 옮길 때마다
떨어지는 깨알과
향기가 톡톡 퍼진다

멍석위에 누인 단에
도리깨 내리치면 아픈지
처음에 바스락 거리더니
이내 탁탁 소리만 낸다

계속 때려야만 사는 게
어디 팽이 뿐인가
때려 줄 때
너의 생명도
너의 의미도 사는 걸

후둘겨 칠 때마다
양철지붕 소나기 내리듯
후두둑 후두둑
들깨가 쏟아진다

>
가끔 입안으로
튀어 오는 알맹이를
깨문다
캡슐의 향기가 온몸에
느껴진다

가뭄에 물 주고 잡초
잡아주던 때가 생각난다
이제는
잎으로 향기로 씨알로
사랑을 갚아준다

화려하지 않는 갈색의 허브단
너를 가슴에 안고
오늘은
너의 향기에 빠져든다
폐부까지
청량한 바람이 일고
깨가 쏟아지는 날이다

텃밭 일기

아침에 일어나
텃밭으로 나갔습니다

엎드려 있던 잡초가
기습공격을 했습니다

며칠 전 내린 비와
따뜻한 날씨가 풀만 키웠는지
가슴까지 접근했습니다

풀과의 전쟁을 선포했습니다

예초기로 무장하고
잡초를 제압했습니다

아직 심지 않은 묵정밭에는
희망을 뿌려야겠습니다

씨앗이 싹을 틔우고
채소로 자라듯
제 마음 밭도 일구겠습니다

행복

행복하려면
행복한 사람 옆으로
가라고 했는데

그대를 생각만 해도
제가 행복한 걸 보니
그대는 행복한 게
틀림없나 봅니다

오늘
제 가슴과 하늘은
티끌 하나 없이
맑습니다

북을 치다

어린 시절
엉덩이 먼지 털어주던 손길
추운 날 얼어붙은 손을
호호 녹여주던 엄마의 입김이
북이었던 것을

황량한 들판에 홀로 헤맬 때
한겨울 모진 찬바람 맞을 때
따뜻한 손 내밀어준
당신이 북이었던 것을

오늘은 아직 싹을 띄우지 못한
대추나무에 북을 친다

수북히 흙을 덮어주고
엄마가 사랑으로 이불 덮어주듯
잘 자라라고 북을 주고
다독 다독
복을 빌어 주었다

* 북치다 : 흙으로 식물의 밑둥을 덮어주는걸 말함.

이팝나무 사모곡

비바람이
스치고 지나간
5월의 하늘이 맑다

거리에 이팝나무 꽃이 핀다
미소를 띤 꽃송이가
갓 지은 흰 쌀밥 같다

자식은 쌀밥 배불리 먹이고
가난한 엄마는
이팝나무 꽃을 자기 그릇에 담아
쌀밥처럼 보이게 했다는
전설을 들으니 하늘나라에 계신
엄마 생각이 난다

내 안에 이팝나무를 심고
꽃피는 5월에
엄마를 만난다

나무 가득 엄마 생각이
꽃 대신 피어 있는
이팝나무

은하수 아파트

살아생전 여든이 되신 어머니를
처음으로 작은 아파트에 모시어서 기뻤었지
그런데 바람 쐬러 나가신 엄마가 집을 못찾고
길을 잃었다는 관리사무소 소식을 듣고
빨리 못 모신 게 가슴이 아팠었네

비가 내린 오늘 어머니가
주무시고 계신 아파트를 찾았네
영혼의 여행을 떠난 망자들의 플렛폼
납골단지 은하수 아파트
자식들 잘 볼 수 있게 눈높이
로얄층에 자리를 잡으셨네
저세상에 가서야 좋은 자리 모신 것 같아
눈물이 앞을 가리네

이 세상에서 평생 살 것처럼 힘들게
전쟁 치르듯 구한 아파트도
언젠가 놓아두고 모두 떠날 텐데
그렇게 아둥바둥 살아 왔던가

어머니 너무 외로워 마시어요
지내고 계신
옆 아파트로 저도 언젠가 가 뵐 테니까요

헬리콥터는 행복을 내려줄까

경제를 살리기 위해
윤전기로 돈을 찍어 뿌리는 나라가 많다
헬리콥터로 돈을 뿌리는 셈이다

그럼 오늘부터 나도
밤낮 쉬지 않고
당신 생각해 볼까

혹시 당신과의 사랑도
이루어질지 몰라
상상처럼 우리 행복도
넘쳐 날까

공짜 점심은 없다고 했으니
행복 댓가로 고생할 각오는 해야겠지

망각

얼마나 가져야
얼마나 올라야
얼마나 느껴야
행복할까

가져도 가져도
올라도 올라도
욕망의 갈증은
줄어들지 않았어요

아무리
비워 보려 해도
덜어 보려 해도
쉬운 일이 아니었어요

아! 잊을 뻔 했습니다

오직 그대
하나면 충분한데

그대 하나면
행복한데
잊을 뻔 했습니다

아름다움

너무 예쁜 것보다
맑고 수수한 네가 좋다

꿈을 다 이룬 거보다
아직도 꿈꾸는 게 좋다

가지고 싶다고
다 가지는 것보다
남겨 놓는 게 더 좋다

아름다움이란 이렇다

양귀비

그대를 바라보다
넋을 놓았습니다

하늘거리는
꽃잎 앞에서
그대를 생각합니다

그대가 그랬습니다
꽃처럼
날 꼼짝 할 수 없게 했습니다

꽃처럼 아름다워
마음까지 아름다운 그대

내 사랑입니다

구석기 축제

돌도끼로 나무를 자르고
물고기를 손으로 잡고
불을 피워 요리도 했다지요

오늘 공주 석장리
구석기 축제에서
거적을 걸쳤더니
원시인이 되었어요

웬지 기분이 좋아지고
콧노래가 나왔어요
그리고 당신 생각이 나는 거 있죠

원시인들도
저처럼 사랑을 했었나 봐요

허공을 찌른 장미

허공은
장미가시에 찔려도
피를 흘리지 않네
울지도 아파하지도 않네

오히려
하늘은 부드럽게 장미를 보듬고
한껏 자랑스러워 하네
가끔 벌 나비가 찾아와
배경이 되어 주기도 하네
바람은
장미꽃잎에 다가가 입 맞추네

멍이 들어도
아파도 울지 않는
하늘은 엄마 가슴이네
가시나무새 노래보다 아름답네
장미를 품은 하늘은
상처가 나도
향기를 풍기네

허브 농장에서

햇빛이 없으면
나무도 자라지 않듯이

그대가 없다면
삶의 의미가 없습니다

향기 없는
허브는 잡초와 같듯이

나는 그대에게
향기를 주는
아름다운 사람이 되고
싶습니다

허브같이 향기로운
당신처럼요

벽

당신과 나 사이에
보이지 않는 벽이 있다고 했지

나는 나처럼 생각하고
당신은 당연히 당신 생각하는 게
벽일 거란 생각이지

이 벽은 허물 수도 없고
넘을 수도 없다고 생각해

대신
벽에 아름다운 창문도 내고
꽃을 걸면 멋진 벽이 될 거야

오늘 예쁜 벽돌 몇 장 들고
아름다운 벽을 쌓으면 어때요

우리가 살면서 서로 넘어지지 않도록
뒤를 든든하게
버텨주는 성 같은 벽

당신이 힘들 때 등을 대고
쉬게 하는 언덕 같은 벽

4부

참회록

청춘이여
너는 저 꽃처럼
아름다운 꽃을 피워 보았느냐
그렇다고
향기는 주어 보았느냐

부끄러운 나의 과거여
저들이 어둠속에 갇히어
긴 겨울 동토에서 싸우는 동안
고통과 번민 속에서 울어 보았느냐

세상에 무언가를 줄 수 있는지
저 바닥 찬 곳이라도 누워 보았느냐
밟았던 그 자리에
저 찬란한 희망을 내민 저 곳
아! 내 젊음이여
너는 처절해 보았느냐

오늘도 내 삶의 여로에
참회록을 쓰며
열린 하루를 닫는다

첫눈

첫눈이 왔어요
지금도 내리고 있어요

당신 계신 곳도 내리고 있나요
그대 생각하며
눈 오는 창밖을 보고 있어요

지금 우리 만날 수 없다면
눈감고 눈길을 같이 걸어요

소복소복 쌓인 눈 위를
손잡고 사랑으로 걸어요
행복이 내리게요

행복점심

창문을 열자 기다린 듯
숲 공기가 달려온다

행복이란 가난해도
한입 베어 문 식빵 사이
스며 나온 향기를 맛보는 것
보이지 않아도
마음에 당신이란 점을
찍고 그리며
즐거워하는 거다

국수집에서

턱밑에 고드름 열릴 듯
어금니 덜덜거리는
섣달 어느 날 오후

먼 곳으로 떠나기 위해
차표 끊어 놓고서 부랴부랴
뜨끈한 국수라도 한 그릇
들고 가야 하지 않겠냐고
국수집을 찾는다

하얀 꽃김 피어 나는
국수집이 정겹다
멸치국물에 파 송송 넣고
고추가루 떠 있는 국물이 춤춘다
숙달된 아낙의 손길아래
추상같은 국수발이 국물에
힘을 잃고 풀어진다

이제 헤어져야 하는
이들의 차거워진
가슴과 목울대는 데워지고
두루룩 저어 후루룩

잘도 넘어가는 이별의
국수발이 야속도 하다

마가목에 부는 바람

찝질한 바람이 불어 온다
남쪽 바다에서 태풍이 밀어올린
전초병같은 더운 바람
경주를 막 끝낸 말이 뿜는 비릿한 열기
곧 불어 닥칠 태풍의 느낌

벌써 푸른 마가목 열매가
바람에 흔들린다
락가수 김경호 머리 풀어헤치듯
잎들은 흔들어대며 샤우팅 한다
오랜 가뭄에 말라버린 미스킴 라일락
갈색 잎들이 이리저리 춤을 춘다
고삐 풀려 껑충 껑충 날뛰는
말의 갈기처럼

오래전 울릉도에 갔다
바람 불어 묶여있던 때에
마가목의 신기한 약효에 대한
기억이 바람타고 왔다

몸이 약한 나에게 마가목은
신이 내린 으뜸의 처방이었다

회갈색의 껍질은 파도와 혹한

시련이 담겨 효과가 최고라는 달콤한 말과

뜨거운 햇살 비바람 맞아 익어가는

붉은 열매는 심장 중풍환자도

못 고칠 병이 없다는 화려하고 빨간 말들의 성찬에

얼마나 바람을 맞아야 인생을 배우고

얼마나 매를 맞아야 단단해질까

얼마 전 바람 맞아 다리가 불편하신

선생님께 마가목 가지를 꺾어

지팡이를 만들어 드려야겠다

신이 내린 마가목 가지가 건강을

살릴 수 있다 하니

이 태풍 지나고 나면

가슴쓰린 아픔도 있겠지만

내 안에서 열매는 익어가겠지

빨간 마가목 열매가 검붉은 꽃이 되고

가을날 시가 되는 날에

* 마가목 : 나무 껍질이 회색이며 약효가 있다는 장미과 교목이다. 가
        을에 주황색 열매가 예뻐 정원수로 많이 심는다.

100

조금 느리게

천천히 걷는다
얼마 남지 않는 올해가
천천히 갔으면 해서

차의 속도를 늦춘다
보이지 않던 찻집이 보인다
나무도 보인다

시계를 느리게 맞춘다
시간이 천천히 흐르기 시작한다

돌아보니 당신은 저멀리
홀로 서 있는데
나 혼자
달려 왔을까

한해가 간다
그리움에 머물던
천천히 오라던 한해도
제 갈 길을 간다

작심 삼 일

계획 한대로
시작하고

마음먹은 대로
해보고

결심한 대로
해냈다

삼 일 동안
애썼다

당신 생각하는 것

달라서

세상에
장미꽃만 있다면
아름다워 보일까

꽃은 서로 달라서
예쁠 거다

세상에
당신처럼 아름다운 사람만 있다면
모두 다 예뻐 보일까

꽃도 사람도
다 달라서

결국
아름다움의
또 다른 이름은
다름이었다

수구꽃다리가 피기 전

햇살이 대지를 어루만지는 봄날
푸른빛이 도는 마른 다리와
붉은색 기운의 두 친구를 보았지

먼저 푸른 줄기를 가진
황매화가 동전만한 노란꽃을 예쁘게 피웠네
이제 홍학의 가는 다리를 가진
수수꽃다리는 어떤 꽃을 피울까
수수처럼 생긴 꽃일까
궁금해 하다 검색을 해 보았지

향기가 있는 아름다운 라일락이라네
곧 피어날 수수꽃다리가 기다려지네
봄날은 모르는 걸 알게 하니
새순 돋듯 기쁨을 주네

수수꽃다리처럼 깡마른
아프리카의 한 흑인소녀가
사진 속에서 꽃피듯 하얗게 웃고 있었네
언젠가
라일락처럼 아름다운
향기를 품는 여인으로
사랑 받기를 빌었네

야설 夜雪

호롱불 꺼진 컴컴한 산중에
하얀 눈 불켜니 환한 세상이 되었네

달도 숨은 하늘 방앗간 쌀가루 빻고
추억의 사랑방은 그리움 쌓이네

눈 바람 치는 밤 숲은 울어대니
님 오실 숲길도 덮이고 말았네

눈은 쉼 없이 사락사락 소복소복
어두운 이 긴밤을 하얗게 지우네

연탄불

당신이 하얗게 산화된 창백한 얼굴로
어느 골목길 대문밖에 버려졌을때
마음 아팠습니다
뜨겁게 살다가 식어가는 당신의
남은 훈기가 가슴을 메이게 합니다

밤낮 문안 인사조차 제대로 못해
꺼져가는 당신의 숨을 살리지 못한 것 죄송합니다
당신이 떠나고서야
당신의 따스한 마음이 그리워집니다
당신 덕분에 함께 모여 웃을 수 있었고
추운 겨울도 이겨 낼 수 있었습니다

낮고 가난한 곳으로 오신 당신
덕분에 몸을 데우고 밥을 끓여
생명을 지켜 낼 수 있었습니다
당신 품에서 어젯밤 꿈을 꾸었듯
또 새 봄을 기다리겠습니다

뒤에 반하다

원시인이 주먹도끼로 멧돼지를 잡았다던
공주 구석기 박물관이 있는 금강 변을 따라 세종으로 가는 길
눈앞에 번쩍 나타난 예쁜 한 뒤태에 매료되었네
어쩌면 저렇게 볼륨있는 아름다운 엉덩이를 만들 수 있을까
신의 작품인가 옥탄가 좋은 영양을 섭취했나
부러워하며 따라 갔지
마치 스토커라도 된 것처럼
가다가 서면 나도 서고 출발하면 나도 가고
한참 정신없이 따라가다
급하게 한 골목길로 들어서는
그 멋진 뒷모습을 그만 놓치고 말았네
마치 신기루 사라지듯 허탈한 마음에 정신 차려보니
세종이 아닌 엉뚱한 대전 근처라는 걸 알았네
나이를 많이 먹은 덜컹거리는 차를 돌려
약속 장소로 뒤돌아 가네
언젠가 그 멋진 궁뎅이를 가진 멋진 차를
언젠가 꼭 타 보리라 다짐을 하는데
아프로디테의 예쁜 얼굴에 반해 쫓아
다녔던 지난날들이 주마등처럼 스쳐 가네

누구나 한 번쯤 날아 오르는 순간이 있지

동녘 계명성이 졸다 깜박거리면

소년은 짐빠리 자전차에 우유박스를 가득 싣고 어두운 새벽을 가르지.

비가 오나 눈이 오나 용산 국제 빌딩의 뒷편 대리점에서 목적지인 효창동까지 달리다 보면 옷이 흥건히 젖곤 했어.

고개 마루가 벽처럼 가로막아도 질긴 벌레처럼 기어 오르지. 그게 그의 운명이니.

힘이 들수록 운명의 개척자는 근육이 단단해지고 희망은 앞으로 다가왔지.

어쩌다 부웅 소리에 돌아보면 우유를 싣고 사라지는 오토바이를 넋놓고 바라 보았지.

소년이 아무리 빨리 페달을 밟아도 따라 갈 수가 없었지. 소년도 오토바이를 가질 수 있다면 돈을 많이 벌어 빨리 부자가 될 수 있을 것 같다는 공상을 별을 보며 했지.

일제시대 '자전차왕 엄복동'은 학교도 못 다니고 어린 시절 새벽부터 물지게를 지고 물장사를 나갔어.

남보다 먼저 고객들에게 도착하여 물을 팔아야만 동생 공부를 가르치고 아버지에게 돈을 바쳐야 했지.

어느 날 복동이는 자전차에 물통을 싣고 달리는 다른 물장수에게 고객을 다 뺏기고 말았어.

속상한 복동이는 꿈속에서도 자전차를 갖고 싶어 머릿속

을 떠나지 않았지.

복동이가 누워 캄캄한 하늘에 반짝이는 별을 쳐다보면 별자리는 모두 자전차로만 보였지.

바람이 있다면 시간을 이동시켜 소년의 자전차는 복동이에게 주고 소년에게 오토바이를 구해주면 좋았을 거야.

소년도 힘이 들 때마다 하늘의 별을 바라보면 오토바이가 그려지곤 했어.

하늘별자리가 새겨진 무늬처럼 인간의 운명도 태어날 때부터 정해져 있던가.

그래 별자리를 옮겨 운명을 개척하는 거야.

그들은 별자리에 새겨진 자전거나 오토바이를 타고 돈을 벌어 가난을 벗어나 성공하는 꿈이었어.

가난을 극복하고 성공하려면 열심히 책을 읽고 공부를 해서 인간세상을 읽어야 출세를 할 수 있는 방법도 있지.

사람만 알아야 되는 게 아니고 자연의 지리도 이용을 잘해야 한다고들 하지.

오병시인은 인간들의 마음이나 지구상의 모든 물질 하늘의 위치는 모두 다 무늬를 가지고 있고 그에 따라 운명이 정해진다 했거든.

여하튼 이들의 별자리에 새겨진 자전차와 오토바이는 자

전차왕 엄복동을 키워 내고 소년도 결국 오토바이보다 좋은 검정 승용차를 타는 운명을 주셨던 거야.

어른이 된 가난한 소년은 지금도 별자리에 새겨진 운명의 틀에 잘 살아가고 있는지 스스로 묻곤 하지.

하늘의 별과 달, 밤과 낮, 바람과 땅에 새겨진 운명의 기가 늘 소년 자신의 편이기를 기도하면서.

설

설 세러 가냐고요?
세는 것 아니고요
설 쇠러 갑니다

복 많이 나누어
주게요

나이는 들어도
건강은 젊어지고

걱정은 털어내고
희망은 채우고

감사가 쌓이면
사랑도 수북히

복이 넘칠 테니
설설 조심조심
다니세요!

민들레 나라

집으로 가는길
언덕에
바짝 엎드려 있는
민들레를 보았습니다

다가가 "괜찮아"
"무서워 하지마"
"해치지 않을게"말하고
어루만져 주었습니다

며칠 후
민들레는
꽃대궁을 밀어
둥근 홀씨 비행체를
만들었습니다

저를 태우고
민들레 나라를
구경시켜 주고
싶었나 봅니다

개 짖는 날

모임에서 먹다 남은 탕수육을
강아지 주려고
비닐봉지에 싸왔다

봉지를 현관에 놓았는데
아들 녀석이
달랑 집어 먹었다

자식에게도
개자식에게도
왠지 미안하다

오늘 밤에는
개들이 유난히 짖어댄다

벚꽃 아래서

환장 하겠다

오늘은 꽃 폭탄을 맞아
풀썩 쓰러져도 좋다
아니 꽃무더기에
묻히어도 좋다

내가 너에게 환호하는 건
환하게 피는 너의 웃는
모습이라 그렇다
나의 어두운 구석을
활짝 웃음꽃으로 피어주기 때문이다

하루를 살아도 화끈하게
피는 너처럼
불같이 타보고 싶어서다

내일이면 시들어질 사랑일 지라도
죽어도 좋을 사랑해 봤으면 해서다

내일이면 진다고
피지 않을 소냐

곧 떨어질 꽃잎이라도
부디 슬퍼말자

세상에 이별 없는
사랑 어디 있겠는가
오늘 행복하지 않았던가

내일은 비가 내린다 한다
벌써 가슴에 꽃비가 내린다

동짓날

밤이 길어진 만큼
그대 생각할 시간
더 가질 수 있어 좋다

그동안 그대와 함께 한
시간 감사하며
소중한 추억으로
간직할거다

앞으로도 더 사랑하며
도우면서 잘 지내겠다

우리는
영원한 동지니까!
사랑하는 동지니까!

모닝빵

가슴에
어제의 시간과
추억의 이스트를 넣어
발효를 해요

새들이 물어온
상쾌한 아침에
콧노래 한 자락 넣어
빵을 구워요

부드럽고
더 고소한 오늘을
원하시면
우리 마음의 온도를
조금 높여 보아요

우수

봄을 알아차린
기러기가 북으로 떠나고
햇살도 많이 따뜻해 졌어요

우리를 가로 막던
불신 오해의 강도
얼어붙은 강물 녹듯
용서와 사랑으로 풀렸으면 해요

당신을 향한 그리움이
꽁꽁 닫았던 가슴에도
졸졸 흐르는 시내처럼
따스한 정으로 흐르기 바래요

봄 햇살같이
돋아 나는 새싹같이
가슴 두근거린 청춘같이
새롭게 시작해요

다 퍼 주고 떠나렵니다

길가 옆 떨이 옷가게 창문
몽땅 퍼 주고 떠날 테니
오라는 찢어진 현수막이 나풀거린다

세상에 다 주고 떠난다는 게
어디 쉬운 일인가

제자를 위해
하나라도 더 가르치기 위해
최선을 다하시는 스승의 감동적인 말씀도

오지의 병들고 가난한 이들을 위해
치유해 주는 아름다운 선교사의 희생도

가족 건강을 위해 정성스레
쌀을 씻고 음식을 준비하며
기도하는 어머니의 사랑도

가족을 위해 아침부터 저녁까지
땀을 흘리는 아버지의 눈물도

사랑하는 이를 위해 화장을 하고

옷을 고르는 연인의 설레임도
다 주는 것

내가 받은 사랑을
되돌려 주고 나보다 더 사랑해 주는 것

나보다 더 소중한 당신을 위해
나의 세포를 떼어내 주는 것

결국 삶이란 살아가며
날마다 하루씩 덜어내는 것
다 주고 떠나는 것

선한 귀와 눈을 지닌 시인

나태주 시인

선한 귀와 눈을 지닌 시인

나태주 시인

1. 사람이 먼저

참 오랫동안 글 쓰는 분들과 어울려 살았다. 50년이면 반세기다. 이런저런 사람을 아주 많이 만났다. 참 희한한 일은 적당한 시기에 적당한 사람이 내게로 온다는 것이다. 아니다. 적당한 시기에 나와 함께 있던 사람이 슬그머니 간다는 것이다. 종합하면 적당한 시기에 내게로 사람이 오기도 하고 가기도 한다는 것. 그것은 하나의 섭리와도 같다. 하나님의 뜻이 그 뒤에 있는 게 아닌가 싶을 때가 있다.

임태래 씨도 어느 날 갑자기 내게로 온 사람이다. 그러니까 내가 공주문화원에서 시 창작반 강좌를 열고 있을 때니까 10년 안쪽, 어느 날이었던가 싶다. 시 창작반으로 비교적 젊은 나이의 남자 한 사람이 수강생으로 참여해 왔다. 수수한 청바지 차림에 선한 눈빛을 지닌 남정네였다. 그는 중앙 일간지에 발표된 자신의 에세이 한편을 복사해서 수강생들에게 나누어주었다. 일종의 신고식 같은 것이었다.

어떤 인연이 있었을까. 본래는 공주 사람이 아닌데 외지에서 살다가 공주로 귀촌해서 사는 처지라 했다. 공주에는 그렇게 농촌 생활이 좋아 귀촌해서 사는 분들이 더러 있다고 들었는데 임태래 씨가 바로 시골살이를 찾아서 공주로 귀촌해 와서 사는 사람 가운데 하나였다.

그런 뒤로 임태래 씨는 줄곧 시 창작반 안에 있었고 또 공주의 문학행사나 축제 주변에 있었다. 유난히 사람이 성실했다. 다른 사람들이 잘 하지 않는 일을 하기도 했다. 행사나 축제를 치르다 보면 거친 일이나 인간적으로 협동하는 일이 필요한데 바로 그런 일의 중심에 임태래 씨가 있었다. 글 쓰는 사람들은 마른자리를 선호하는 경향이 있고 혼자서 하는 일을 좋아한다. 때로는 이런 점이 인간관계를 힘들게 한다.

하지만 임태래 씨만은 예외였다. 타인 배려의 마음이 컸고 인간적 이해심이 넓었으며 무엇보다도 너그러운 마음이 그에게는 있었다. 참 좋은 사람이란 생각이 들고 법 없이도 살 사람이 있다면 이런 사람이 아닐까 싶었다. 글보다 사람이 먼저 나에게 온 것이다. 마음속으로 귀한 사람이란 생각이 들었다. 하지만 그의 글에 대한 생각은 달랐다. 무엇보다도 그가 중앙의 일간지에 실린 에세이가 나의 발목을 잡았다.

이 사람의 글은 산문적이다. 그런 생각이 나를 지배하고 있었다. 시 창작반 수업시간에도 말했지만 시의 문장과 산문의 문장이 다르다는 걸 자주 역설했다. 산문 문장의 소재가 사건이고 그 표현방법이 서사敍事에 있는 반면, 시의 문장은 소재가 정서이고 그 표현방법이 서정抒情에 있다는 걸 강조했다. 다시 말한다면 산문의 문장이 사건이나 시간이

나 장소에 대하여 펼치는 글이라면 시의 문장은 마음을 길어 올려 쏟아내는 글이라는 것이다.

그러면서 나는 강조했다. 일단 시를 쓰기로 마음먹었으면 산문 쓰기는 당분간 멀리하는 것이 좋다고. 어쩌면 내 편에서 임태래 씨에 대한 오해가 있었지 않았나 싶기도 하다. 이 사람은 산문에 이만큼 실력을 갖춘 사람이니까 당연히 시도 산문적으로 쓸 것이다,라는 선입견 같은 것 말이다. 그런데 이번에 시집 원고를 보고 생각이 달라졌다. 지금까지의 내 생각을 깡그리 뒤엎을 만큼 좋은 작품들이 그 원고에는 많았기 때문이다.

2. 그다음은 시

뭐니 뭐니 해도 글 쓰는 사람은 글로 자신을 말한다. 글이 얼굴이고 이름표이다. 그래서 문인이고 시인이다. 흔히 하는 말로 글이 사람이다,라는 말도 이즈음에서 생긴 말일 것이다. 임태래 시인의 시집 원고를 읽어보면 글이 두 갈래로 나누어지는 느낌이다. 짧고 단순하고 간결한 형태의 글과 무언가 이야기를 품고 있는 길고 느실느실한 글이 그것이다. 단연코 나에게는 앞의 글이 좋게 다가오게 되어 있다. 적어도 나는 그런 글이 내가 생각하는 시라고 믿는 까닭이다.

> 파란 하늘 같이 맑은 사람
> 나무 같이 꿋꿋한 사람

들꽃 같이 웃는 사람

무엇으로 소개할까

그냥
이렇게 적었다

좋아하는 사람이 있어
가슴 따뜻한 사람
―「자기소개서」 전문

　재미난 글이다. 흔히 '자기소개서'라면 객관적인 자료나
사례를 될수록 상세히 적는 것이고 실용적인 목적의 문서
인데 이런 식으로 자기소개서를 쓴다니 놀랍고 신기하다.
이런 인물이 바로 임태래 시인이다. 그는 지극히 주관적인
사람이고 인간적인 특성이 강한 사람이다. 그 마음 바탕에
선량성이 있다. '좋아하는 사람이 있어/ 가슴 따뜻한 사람'.
이 사람이야말로 내가 평소에 보아왔던 바로 그 임태래 시
인의 진면목眞面目이다.

봄비가 내리던 날
생강을 심고 짚을 덮었다
짚이 습기를 주지만
잡초도 막는다
그리고 썩어 거름이 된다

엄마처럼
우리 엄마처럼
— 「엄마처럼」 전문

시란 참 묘한 문장이다. 이것을 말하면서 저것을 불러온
다. 비유의 방법이 그것이다. 일상의 경험인 '생강을 심고
짚을 덮'는 그 사소하고 평범한 일(사건)에서 결코 사소하
지 않고 평범하지 않은 일을 유추해 낸다. 자연이나 생활의
일로서의 짚과 생강은 단박에 엄마와 자식으로 치환置換된
다. 시의 후반부 문장 '엄마처럼/ 우리 엄마처럼'이 그렇게
만든다. 울컥하는 감정을 길어 올린다. 바로 이것이 서정抒
情이다. 현실→추억→다시 현실의 수순手順으로 기억을 소
환하고 감동을 증폭시킨다.

학창시절 짝사랑했던 동창
그녀의 딸 결혼식에 축하해 주러 갔어

그곳에서 짝사랑한 그 소녀를 만났어
동창의 딸이 옛날 좋아했던 그녀로
다시 태어나 아름다운 신부로 서 있었어

신랑이 이 세상에서 제일 부러운 날이야
— 「동창 딸」 전문

굳이 설명할 것도 없이 재미있는 인생의 삽화다. 역시 이
작품에도 문장의 배면에 이야기가 깔려 있다. 어쩌면 이런

점은 임태래 시인만의 특성이요 장점인지도 모르는 일이
다. 역시 임태래 시인은 이런 경향의 시기 자기답고 편할 수
가 있고 또 그 방면으로 승산이 있을 것으로 보인다.

사람들에게
개밥바라기별이 있다고 한다면
나에게는
돼지밥바라기별이 있다

한여름 나를 낳은 엄마
돼지가 저녁밥 달라고
꿀꿀 보챌 때 태어난 나를
돼지처럼 잘 먹고 잘살 거라고 하셨다

초저녁 별이 빛났다

돼비밥바라기별을 낳으신 어머니
동방박사들 보았던 샛별보다
더 반짝거렸을 것이다

이 어려운 시기에도
밥술이나 뜰 수 있는 게
그 별 덕분 아닌가

엄마는
오늘 밤 저 별을 바라보고 계실까

— 「돼지밥바라기별」 전문

　엄마와 아들의 전설 같은 이야기. 이승과 저승을 넘나드는 교감. 한 권의 자서전 같은 작품이다. 시 뒤에 어른거리는 강력한 이야기의 강물을 다시금 느낀다. 임태래답다. 이런 점에서 임태래만의 특성이 형성되고 있고 자라고 있지 않나 싶다. 역시 이 작품을 읽으면서도 느끼는 감상은 지극한 선량의 부피다. 세상 모든 사안事案을 선량한 눈으로 바라보니 선량하고 아름답게, 그리고 긍정적으로 보이는 것이다. 이 가득한 강물 같은 세계, 기름진 들판 같은 시심의 복판에 임태래 시인의 시가 자리하고 있다.

　　"시골에 살면 묵고 사는 건 걱정 업써야"
　　"쬐금한 땅데기 좀 있으면
　　　상추랑 고추 쑥갓 좀 시므면 되야"
　　"한 여름철 밥맛 업쓰면
　　　된장에 쌈 싸 먹으면 그게 최고여"

　　"도시에서 살기 힘들면 내려와라"
　　"도회지에서는 뭐 쪼금 살래도 다 돈 아니냐"
　　"힘들다고 아둥바둥 데지 말고
　　　시골에 오두막하고 밭데기 쪼옴 있겄다
　　　뭐 산 입에 거미줄 치겄냐"

　　오늘 텃밭에 쑥갓은 쑥쑥 자라고
　　한쪽에 곱게 피어난 샛노란 꽃

어머니 쓰신 호미 하나 걸려 있고
쑥갓 커가듯 그리움이 자란다
— 「쑥갓꽃 · 1」 전문

　필시, 시인의 어머니는 이승 분이 아닌 것 같다. 시인인
아들은 텃밭에 쑥갓을 심어놓고 그 쑥갓이 쑥쑥 자라는 것
을 눈여겨보며 어머니를 그리워하는 마음을 키우고 있다.
자연스럽게 어머니 생전에 들려주시던 말씀을 떠올린다.
아들더러 객지살이 도회지살이 그만하고 시골로 내려오라
고 하시던 권유의 말씀이다. 소리 나는 대로 기록한 어머니
의 투박한 말투 안에 진한 그리움의 식물이 자라고 있음을
독자는 결코 외면하지 못한다.

몇 년 전 강 건너신
어머니의 그리운 목소리
"애야 이리 한번 나와 봐라!
쑥갓꽃이 참 이뻐야"
혼자 보기 아까워
날 부르신 거다

후다닥 뛰쳐나간 텃밭엔
금방 왔다 가신 듯
흔들린 쑥갓꽃에
엄마 냄새가 난다
— 「쑥갓꽃 · 2」 전문

내친걸음, 어머니에 대한 추억과 그리움이 진하게 배인 작품 한편을 더 적어보았다. 역시 쑥갓꽃과 어머니. '몇 년 전 강 건너신/ 어머니의 그리운 목소리'. 작품의 전반부에 시인의 모친이 이 세상 분이 아니란 구체적 정보가 나온다. "애야 이리 한번 나와 봐라!/ 쑥갓꽃이 참 이뻐야". 환청을 들었음이다. 그리움이 지극하면 이렇게 가끔 환청이나 환각이 있게 마련이다.

어머니가 밖에서 부르시는 환청을 듣고 '후다닥' 밖으로 '뛰쳐나간' 아들. '텃밭'에서 만나는 건 어머니가 아니고 돌아가신 어머니가 '금방 왔다 가신 듯/ 흔들린 쑥갓꽃'이다. 그 쑥갓꽃에서 '엄마 냄새'를 맡는다. 이번에는 환미幻味다. 세상에는 없는 냄새이고 쑥갓 꽃 냄새가 엄마 냄새로 뒤바뀐 냄새다. 나더러 임태래 시인의 시 가운데 백미白眉 편을 뽑으라면 바로 이 두 편을 뽑고 싶다. 왜인가? 이 두 편의 시작품에는 진정성이 있고 시가 마땅히 가져야 할 모든 요소를 두루 갖추고 있기 때문이다.

3. 남는 말

이렇게 써놓고서도 미진한 것은 임태래 시인의 시적인 가능성이다. 내 취향은 아니지만 그래도 이야기를 바탕에 깔고 있는 시 가운데 임태래 시인다운 특성이 잘 나타난 작품이 있어 그 얘기를 조금만 더 하고 싶다. 그런 경향과 내용은 여러 작품에서 보이는데 나의 안목으로는 「스타벅스에는 청춘의 별들이 있다」, 「드라이브 쓰루로 무릉도원을 지

나다」,「행복장관」과 같은 작품 정도에서 나름대로 성공을
보이고 있고 재미도 내포하고 있지 않나 싶다.

　이런 작품에서도 여전히 느끼는 바는 작가의 무한한 선
량성이다. 선한 눈과 귀로 듣고 보니까 대상 모두가 선하고
아름답게 보이기 마련이다. 이 선량한 눈과 귀가 끝내 임태
래 시인의 시와 인생을 구원해주고 멀리까지 안내해 줄 것
으로 믿는다. 부디 그 길 끝에서 좋은 세상을 만나고 자신이
원했던 자신의 모습을 찾기 바란다. 그것이 인생으로서의
성공이고 시인으로서의 완성일 것이다.

임태래

임태래 시인은 보성에서 태어나 서울에서 중앙대학교와 공주대대학원을 나왔다. 오랫동안 중소기업을 경영했으며, 10여년 전 공주로 귀촌하여 시를 쓰며 풀과 나무와 산다. 2013년『문학미디어』와 2015년『수필과비평』으로 등단했으며 2019년『세종문학』신인상을 수상했다. 금강시마을, 세종문학, 넉줄 시, 수필과비평 작가회에서 활동한다.

임태래 시인의 첫 시집『돼지밥바라기별』을 펼치면 읽을수록 점점 더 좋아지는 시를 만나게 된다. 무한한 선량함으로 노래한 서정시의 진수라고 할 수 있다. 그의 시「돼지밥바라기별」이나「쑥갓꽃」을 보면 시 뒤에 아른거리는 강력한 이야기의 강물을 느낀다. 모든 사안을 선량한 눈으로 바라보니 세상이 선량하고 아름답게 긍정적으로 보인다. 이 가득한 강물같은 세계, 기름진 들판같은 시심의 복판에 임태래 시인의 시가 자리하고 있다. 이 선량한 눈과 귀가 끝내 임태래 시인의 시와 인생을 구원해 주고 멀리까지 안내해 줄 것으로 믿는다.

부디 그 길 끝에서 좋은 세상을 만나고 자신이 원했던 자신의 모습을 찾기 바란다. 그것이 인생의 성공이고 시인으로서의 완성일 것이다. (나태주 시인, 한국시인협회장)

이메일 : ipoweron@naver.com

임태래 시집

돼지밥바라기별

발   행   2021년 12월 9일
지 은 이   임태래
펴 낸 이   반송림
편집디자인 김지호
펴 낸 곳   도서출판 지혜 • 계간시전문지 애지
기획위원   반경환 이형권
주   소   34624 대전광역시 동구 태전로 57, 2층 도서출판 지혜 (삼성동)
전   화   042-625-1140
팩   스   042-627-1140
전자우편   ejisarang@hanmail.net
애지카페   cafe.daum.net/ejiliterature

ISBN : 979-11-5728-460-3 03810
값 10,000원